catch

catch your eyes；catch your heart；catch your mind……

徐至宏 HOM 著

安靜的時間

Before Sunset

畫家們如是說……

川貝母

安靜的時間，就像書裡寫的，是「一條沒有盡頭的馬路，不管怎麼騎，看到的都是一樣的風景」。時間是晚霞的餘暉，太陽正壓成巨大橢圓的時候，植物的葉面泛著螢光，陰影轉成灰藍色，徐至宏把原本強烈的台灣色收起來，浸泡在夕陽的染缸裡，染出一幅幅仿彿時間一直停留在黃昏的風景。也許這也是打開這本書的最佳時刻。雖然紀錄的是過去的生活感想，但並不是懷舊，沒有古老的霉味，比較像他把喜歡的時間切割下來放在這裡，安靜的讓時間流動，讓暮色把房子和小巷涵蓋在一種特殊的靜謐之中。書裡的畫好像這樣說著：趁著天還未全暗之前到街上散步，哪裡都好。

薛慧瑩

當初第一次看到阿宏在這本新作《安靜的時間》裡的插畫，覺得特別驚艷。一方面是這些圖畫有別於他之前的作品，感覺又更上一層樓了。另一方面是我確實從這些圖畫裡，真切的感受到時間緩慢又無聲的流動在其中。那些灰藍灰橘和灰　的樹啊房子啊街道啊，構成一種寧靜又祥和的氛圍，還有種說不上的一絲絲感傷，令我著迷。

我自己也很喜歡老房子，特別是整理的很好的老房子，有植物相伴的老房子。

而這些台灣味濃厚的淳樸老房子，在阿宏的畫筆勾勒下，堆疊起一段安靜而幽微的老時光，一一收進《安靜的時間》。

徐銘宏

老實講，會注意到徐至宏一開始是因為我們倆的名字只差了一個字，而且我們又都在畫畫！這樣的巧合實在很有趣。

一直覺得至宏的畫有一種質樸的氣質，「安靜的時間」這一系列的作品除了質樸，總是可以讓我看見……彷彿真的有一個時間在畫裡慢慢的移動著。

這實在是了不起，那是我在畫畫時也很想做到的事。

書裡，至宏寫下他在創作「安靜的時間」時，生活中那些看似平常卻帶著啟發與靈感的風景與心情。我很期待再次閱讀付梓後的成品，一定很棒！

葉懿瑩

一樣喜歡寧靜勝於喧囂，或許有點孤僻又不是太孤僻，印象中徐至宏和我應該是差不多時間出來的插畫家，雖然還沒有機會認識本人，但一直以來都默默的在關注他的作品，欣賞他作品總是親切、平易近人。前陣子看到他發表了「安靜的時間」系列創作，更是讓我眼睛為之一亮，那帶著夕陽暖意的粉色調，一落落灑在尋常街道景物上，安靜卻又充滿力量，令人感動。這一次，透過圖文著作的呈現，更能窺探他創作背後的心路歷程與情感脈絡。

獻給存在於
台灣各地的
小巷弄

謝謝所有拿起這本、購買這本《安靜的時間》的朋友。
當初在創作這些作品時，完全沒料到一年過後會變成一本
書，自己也相當驚訝。也許搞藝術的人都屬於視覺性閱讀，喜歡
很直接很直接感受畫面，然後創作出來，這系列的插畫就是這樣

子誕生的。

平時的我算是喜歡獨處，也會一個人去看看電影，也曾自己到東部旅行，一個人吃飯也ＯＫ。雖然有時會被朋友冠上孤僻的封號，不過，我覺得本質上還是有點不同。當朋友來訪時，或是一起出遊，我還是感到開心，只是當一個人的時候，心中那股寧靜感好像就是所謂「安靜的時間」，自己可以跟自己對話，書中大部分的景色，就是這樣獨處時觀察來的。

在台南小巷子中遊走的那幾個月，街道給我最深刻的感覺就是安靜。這股寧靜很特別，並非指巷弄中都沒有任何人，也不是聽不到任何聲音，而常常是在遇見三三兩兩的住戶坐在屋簷下、板凳上閒聊，以及樹上不絕於耳的蟬鳴等時候，當下心裡就是感到特別的靜，腦子會空出很大的空間出來，能夠感受到比平常更多更多……

思考這系列作品的主題，想到了有「安靜時刻」、「靜謐時刻」、「安靜時光」等等名稱，但就是覺得有點不太到位，直到腦海浮現「安靜的時間」這個詞才豁然開朗。沒錯，就是安靜的時間啊！對我來說，老巷弄是種樸拙經歷歲月洗禮後形成的現在，斑駁的磚牆以及老舊花窗，眾多不完美所形成的寧靜感，就如同「安靜的時間」這個不太通順的字句，乍聽之下有些不流暢，卻是它們樸拙的真實樣貌。

這本書收錄了去年在台南畫下的心中風景，以及離開台南後續在台中及台北完成的畫作。台灣各地都隱藏著純樸美景，願拿起這本書的你，看看書中的插圖，也能想起自己故鄉的「安靜的時間」。

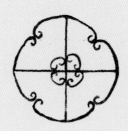

台南

TAINAN

來到台南

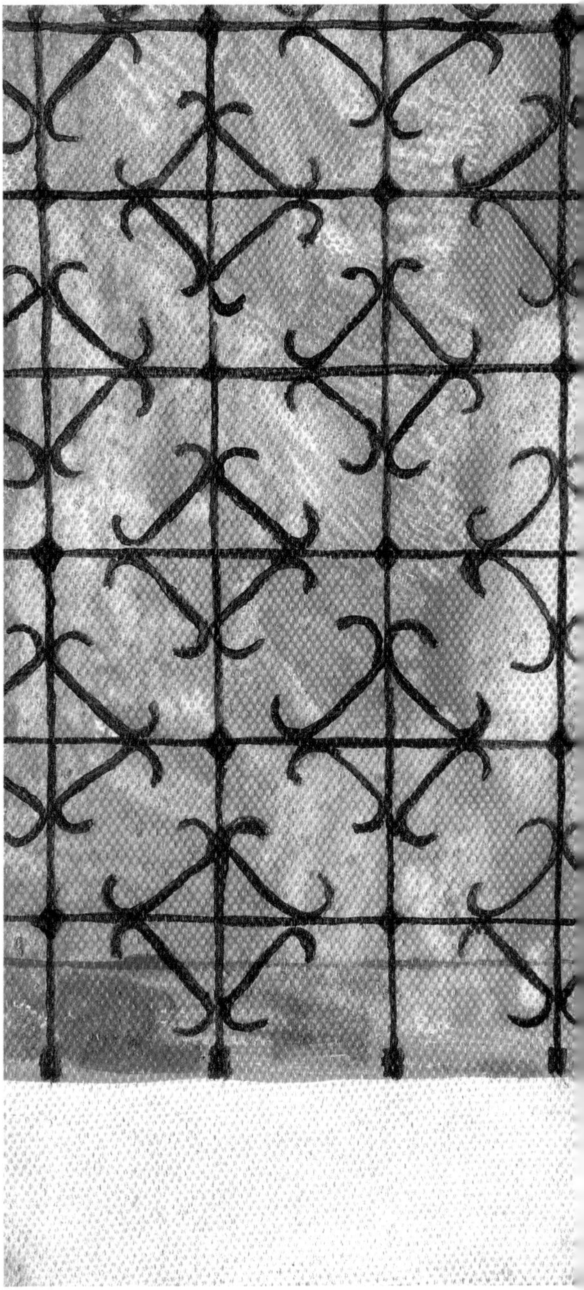

二〇一四年五月，申請的台南蕭壠文化園區駐村計劃通過了，一連興奮了好幾天。

那陣子正好案子多到高峰，幾乎每天睜開眼睛就開始畫圖，看電視、打球、吃飯聊天，做什麼都感到焦慮，心中總在擔心，卻又無法專注任何一件事。這樣畫畫，到了後來，有種只是為了畫而畫的感覺，對自己畫出來的東西甚至感到厭惡，覺得自己根本不會畫圖。

加上自從大學四年在花蓮後，再也沒什麼機會到外地生活，於是，這次到台南生活兩個月，我打算當成是自己的暑假，好好徹底休息。

即使出發到台南的前一個晚上，我還趕案子到半夜三四點鐘，總算才把欠債都還清。沒睡幾個鐘頭就混亂的收拾行李，像逃難一樣奔上客運，直到車子開上高速公路，確定自己完全離開工作氛圍了，終於整個人才放鬆下來。

就這樣，半夢半醒踏上台南……

The Sugar Refinery Dormitories

糖廠宿舍

蕭壠文化園區在日治時期，就是負責把甘蔗生產成砂糖的工廠。由於早已經不再運作，現在轉型成觀光園區，過去留下的廠長宿舍仍然維護的很完善，有股神聖不可侵犯的氣氛，所以當我被帶往這裡，並被告知駐村將是住在這邊的時候，真的完全嚇傻了。

打開大門，我如夢似幻地在庭院繞了一圈。

灰藍色的建築，庭院中有兩三棵老樹，老樹旁，三隻貓咪正悠閒的躺著。完全是我夢寐以求的居住空間。

待在房子裡陶醉了整天，直到聽到此起彼落的蟬鳴聲，才知道天已經黑了。走出門外買晚餐，偶爾有青蛙叫聲從後方造景池中傳來，望著手裡這棟日式老厝的鑰匙，仍感覺有些不真實。

駐村會議中，與其他近十位藝術家碰面後，才知道因為廠長宿舍空間有限，加上整修了幾個月，比我早到的他們各個躍躍欲試嚮往進駐，卻沒人有機會，而就在我駐村前幾天，工程終於全數完工，我也因此自然而然被分配到這棟傳說中的建築裡。

不得不說，我實在與老房子太有緣了。

早市

The Morning Market

在台南住了將近兩個星期，終於漸漸適應鄉間的慢步調。

每天一早起來，就能聞到電鍋傳來陣陣米香。泰國藝術家室友習慣一早就把白米和紅豆，以及其他雜糧，一起放進電鍋蒸煮成五穀米飯，搭配川燙的青菜食用。看似很健康好吃的五穀飯，不過居然可以照三餐吃著相同的料理，

實在無法理解。

為了解決三餐，我習慣睡醒後就去市場報到。初次逛市場，依循著市場隱藏美食的既定印象，但才吃了一顆肉圓就立刻後悔。那顆渾厚扎實得像橡皮一樣的肉圓，實在難以咀嚼，吃完整顆牙齒就像也要斷了，儘管老闆娘這般親切，笑臉迎人。

即使如此，早市還是個很有意思的地方。一對五六十歲的老夫妻，每天開著餐車停在路口，賣著酥脆的蛋餅；等餐的人再多，老伯伯依然哼著歌煎蛋餅，老婆婆則負責飲料以及招呼客人，沒客人上門，兩個人便坐在椅子上閒聊，畫面和諧到讓人忘了他們是正在工作。

偶爾想喝果汁，果汁攤的老闆永遠會多打一小杯，好讓你當場先過過癮；賣薏仁粥的阿姨永遠都躲在屋內，放著外頭攤子不管，直到客人大喊才走出來結賬；踩在鋁梯上人喊大叫的賣衣服大哥、賣肉包的阿姨等等等。市場裡充斥著形形色色的人們，我喜歡隱沒在人群中觀察他們，同時享受這樣的氛圍。

駐村藝術家

Artist in Residence

駐村有趣的地方，在於可以認識好多不一樣的藝術家。

平常我都宅在工作室畫圖，休息時間絕大多數用來運動、看漫畫電影等，一個人也可以開心過一整天，不是很主動結交新朋友，也因此少了很多認識其他藝術創作者的機會，直到這次駐村總算開了眼界。

泰國藝術家有次向園區工作人員要求一顆豬頭骨用來創作，園區便買了一顆完整的豬頭回來燉煮，再層層剝皮以取得骨頭，搞得人仰馬翻；土耳其藝術家留著一把大鬍子，像個聖誕老公公，一到台灣就買了一打啤酒，跟女友殺到墾丁玩了兩三天；德國藝術家每天穿著整齊的長袖襯衫和西裝褲在園區裡漫步，好像在尋找靈感，跟每天穿著吊嘎與夾腳拖的我形成強烈對比。

藝術家們各有各的個性，但大家好像有個相似的共通點，那就是都過得很隨性自在，並非自我意識過剩，想要凸顯自己，而是很灑脫的順應著環境生活，享受當下。

有一位台灣藝術家，比大家抵達的時間晚了幾個星期，到達後好像立刻被這裡吸引，當天下午就一個人騎了園區的腳踏車，鑽進田野中的小路消失了。晚上才聽說她騎經路旁的三合院，便下車坐在庭院裡跟老婆婆攀談聊天，老婆婆還請她吃水果，就在那邊度過午後時光。

有人說起藝術家很性格來，往往帶有負面的貶意，但我覺得，其實只是很單純喜歡以自己獨特眼光觀察世界的一群人罷了。

巷弄內的驚喜

來台南住鄉下的一大優點，就是多了好多自由的時間。接案子的生活當然也自由，但是常常都只專注在工作或是生活瑣事上。來台南「度假」，頭腦也跟著放假了，可以常常放空，四處亂走亂看。一直以來我都是個工作狂，總是放不下手邊的事，是台南的小巷弄讓我不自覺地放慢了腳步。

一開始會注意到老房子的存在，是因為窗花。

每間老房子都有它們深具風格的細節，菱形、斜線、三角等幾何線條簡單排列組合的花窗，足以讓我目光多停留好幾秒，有些窗邊還以植物點綴，更是讓畫面變得像幅畫作；靠近房子，就會看到佈滿牆面的小瓷磚，一小塊一小塊密密麻麻，不禁讓人想像以前的老師傅，究竟怎樣蓋這棟房子的，他們花了多少心思構思這些微小細節，才得以讓老房子優雅地保存到現在？對我來說，用心構思與建造房屋的老師傅，才真的是生活藝術家。

在想像的同時，不知不覺我已經拿起手機拍下好多張照片，當下純粹只是一個觀光客在欣賞街景的舉動，並沒有想太多，後來卻成為我創作《安靜的時間》系列作品的重要參考。

Alleyway Surprises

台南的夕陽

Sunset in Tainan

三年前曾經來過台南。

那時候體力旺盛，挑戰了熱血的單車環島。由於用的是智障型手機，每當察覺快要迷路，只要趕快問路人，通常都可以順利抵達目的地。

那天的行程預計從雲林騎往台南。一進入台南，只知道先騎過幾個小鄉鎮，再找一位學長會合。但來到一條沒有盡頭的馬路上，不管怎麼騎，看到的都是一樣的風景，兩兩對稱的路樹無止無盡，樹後頭的稻田，也是沒完沒了，迷路了很久才問到路人脫困。

萬萬沒想到，三年後再次經歷同樣的情境。

某天開完駐村會議，由於藝術家好不容易全員到齊，大家決定簡單吃過飯之後，一起前往井仔腳瓦盤鹽田看夕陽。

由於一台車頂多塞得下五個人，所以騎摩托車的我表達直接跟大家約在現場碰面。心裡想說反正有手機地圖了，鐵定不會再迷路的。一

開始倒是很順利地按圖騎著，但就在北門那邊，又出現一條無止無盡的馬路……

我隨著地圖路線不斷騎啊騎繞啊繞，甚至還騎進人家超級迷你窄的田埂。大約奮鬥了將近半小時，隨著天空越來越紅，我想乾脆放棄好了，把車停在馬路旁，看著無盡延伸的道路搭配夕陽，一樣好美。我不禁還拍了幾張照片。

正在陶醉的時候，接到電話問我怎麼還沒到，我才急急忙忙催起油門再出發。抵達鹽田，天空只剩下一點餘光，大家人手一罐啤酒，在岸邊微醺的聊著天，直到四周完全暗下，才心甘情願的離開。

回程，我因為腦袋一直回味著剛剛看到的夕陽，結果不小心又迷路了，騎在一條無止無盡的馬路，不管怎麼騎，看到的都是一樣的風景，兩兩對稱的路樹無止無盡，樹後頭的稻田，也是沒完沒了」……

一位台南朋友對我說：「我最喜歡台南的，就是夕陽了。」我確實完完全全感受到了。

Before Sunset

安靜的時間

來台南兩個星期了，對於駐村創作還是沒有任何頭緒，每天就在巷弄裡閒晃，或者與老朋友見面當中晃過去。漸漸有些緊張起來。

夏天的台南，白天外面像烤爐一樣，一出門，皮膚無時無刻都有種火在燒的感覺。

某天，終於熱到受不了，我跟大學同學相約到台南市區游泳。大約下午四五點，游完泳、回程的路上，發現路旁圍牆上有個寫著「台南神學院」的金色招牌，還有「參觀時間只限平日」的說明，引起了我們小小的好奇心，決定進去一探究竟。

從鐵門走進來，最先映入眼簾的是兩旁的老樹，引領著我們往前，巨大的樹冠遮蔽了陽光，不知道是不是心理因素影響，氣溫好像瞬間降下了不少。清爽宜人的道路旁是一棟棟老屋子，房子前方長滿各式植栽，陽光穿過樹葉柔和的照在草地上……小小的公園沉浸在黃昏的暖色調中，點綴著樹影好像詩畫一般。前所未有的寧靜舒適，讓我彷彿置身世外桃源、不受干擾，專屬於此刻的時光。

往前繼續繞過一圈後，發現真正的神學院其實在後頭，一棟有點羅馬式簡樸風格的教堂建築，呈現出莊嚴的美感。不過比較兩種截然不同的美，我竟然還是喜歡那些宿舍老房帶給我的感動，應該是因為這樣充滿人情味的建築物，讓我漫步期間，也可以想像得到過去居住在此的住戶們，每天在小公園散步閒聊的情景。我喜歡貼近生活的美感。

那天晚上回到住所，我畫下了神學院宿舍老房沐浴夕陽餘暉的畫面，那張「安靜的時間」。

神農街

二〇〇九年的四月，單車環島來到了台南，第一次造訪神農街。

大學學長搭著當時台南方興的創業風潮，來到這條老街創立了「黑蝸牛工作室」，從事木工設計的接案工作。走進這條街，復古的街燈打在老街的地面上，每棟老房子透出黃光。老舊建築經一群有理想的年輕人的手，改造得韻味十足。街上聚集了好幾家工作室，學長與大家閒聊著關於創作的種種，在後院的木桌上泡著茶……

那次造訪讓我印象深刻，五年後的夏天，趁駐村機會又回到這裡。

許多老木屋的外觀沒有多大變動，倒是老街上少了幾間記憶中的工作室，取而代之的是餐廳或咖啡店。這幾年，台南的創業潮也帶動了房租飛漲，老屋改建創業面臨考驗，年輕人開始陸續撤離。

神農街上滿是人潮，但就是沒了以前那充滿人情味的感覺。我慢慢體會到這邊已經變成觀光景點了，一個走馬看花的地方。

我不免也開始擔心，我所喜歡的台南那些隱密巷弄，哪天也成了所謂的觀光勝地？會不會到時候得管制出入、排隊進場？

真有那天的話，我應該再也無法悠閒享受散步台南的樂趣了。

善化糖廠
小公園

Shanhua Sugar Refinery

距離我駐村的地方騎車約二十分鐘左右，有一個善化糖廠，是台灣僅存兩座還在運作的製糖工廠之一。文化局為了把即將消失的糖廠文化記錄下來，決定出版一本記錄糖廠員工故事與糖廠運作的書籍，其中需要大量插畫呈現的部分，希望由我負責。就這樣，駐村的第二個月，我的度假夢碎了，一邊畫駐村創作的同時，也開始每週一次的糖廠採訪工作。

走訪了糖廠每個部門的辦公室，與資深員工閒聊，隨隨便便就聽到哪個員工已經在公司服務超過二十年以上，而且還是很普遍的現象。這些老伯們描述著過去的工作盛況，以及曾遭遇的有趣的、可怕的事情，兩眼閃閃發光，彷彿在說昨天才發生的故事。

即便糖廠已經沒落，即便每年日復一日忙著製糖與保養機器的工作。或許時代背景有所不同，但他們在職場上那股犧牲奉獻的精神，確實是我們這輩年輕人所缺乏的啊！

常常早上過去採訪，結束後已經傍晚了。如果晚上沒事，通常回去前，我會跑到糖廠外頭的小公園走走。公園面積很小，但是裡面的樹長得非常高，樹幹細長，一條條的陰影與昏黃的夕陽光線交錯，美得像燈光秀一般，對比著遠處來來往往的下班車潮，更加安靜恬適，如同糖廠一般，守護著這鄉鎮的小角落。

跑步

特別喜歡在鄉下路跑。不僅穿梭在街道不用隨時注意後方來車，在佳里的三個月期間，更發現配合單調規律的步伐，常常可以從擦肩而過的路人身上找到樂趣。

鄉下地方的機車騎士很率性，很少看到有人騎車戴著安全帽，大家用自己的步調緩緩前進，似乎不覺危險，更別提三不五時看到的機車四載，把全家人都載出門的畫面。

這樣的隨性生活還表現在日常散步上。有時候真的不確定馬路旁怎麼會忽然出現幾張突兀的小椅子，只見散步到一半停下來休息的婆婆媽媽們，便豪邁地坐了上去，打開話匣子，氣氛之熱鬧歡愉只差沒泡茶。

每當來到佳里公園，就會在草地上看見好幾支竹竿，一直不曉得其用途，某次傍晚跑步經過，望見一對夫妻人手一支竹竿，猛力地往樹上突刺，不久一小串荔枝掉落下來，倆人迫不及待立刻就地撥了皮往嘴裡丟，然後整張臉皺成一團，隨即全部吐了出來，我終於才恍然大悟。

遛狗的人、散步的人、聊天的人，小鎮上天天上演著這樣稀鬆平常的場景，沒有灑狗血的駭人劇情，卻有一群很誠懇的演員搏命演出。

跑完一圈，也看完一場人間喜劇。

28

Brewing Tea

泡茶

由於被指派了善化糖廠的繪圖工作，每週我們固定會去拜訪兩位糖廠製糖員工，也許是蔗農、開小火車運蔗的司機，或是那些幕後工作人員。

鄉下地方的辦公室裡，桌上永遠放著一壺茶，好像隨時在等待朋友上門。坐在茶桌前，聽著水壺裡的開水咕嘟咕嘟煮開的聲音，看著加入了水冒著煙的茶壺，明明還未聞到茶香，這一連串的畫面就足以讓人心情平靜下來。

等到滿室茶香之後，陸陸續續會有好多湊熱鬧的人加進來，一起喝茶。說是採訪有點太過正式，不如說是來泡茶聊天的，天南地北的聊著，偶爾帶入正題。我是個不擅於聊天的人，但卻喜歡聽大家分享。桌上的茶一杯喝完，又來一杯，不知不覺就過了整個下午。

年輕世代裡，咖啡漸漸佔據了一席之地，似乎許多人相聚時總會來一杯，但我也很享受老一輩的待客之道；一壺茶倒入賓客的杯中，聊到渴了喝上一杯，配點瓜子，主人一見杯空，就會趕緊再添上。茶桌上來往頻繁的互動，永遠比現今追求氣質的咖啡廳有趣多了。

每每採訪完畢、準備離開時，都已接近黃昏。窗外的夕陽幫老舊的辦公室打上古樸的光線，告訴大家該回家了。

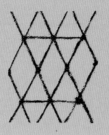

台中

TAICHUNG

回到台中

二〇一四年九月底，駐村計畫告一段落，簡單打包行李之後，我又在園區附近逗留了一陣子，才心不甘情不願的搭上客運回到台中，重新開始接稿人生。

許多一直壓著的案子同時啟動，一回家就忙得焦頭爛額，從草圖到構圖到上色，這一段繁複的程序中，最感焦慮的時候就是想草圖的階段，總是靜不下心來，老想往外頭跑。

那天一邊騎著機車，一邊在腦中構思著草圖，一貫地沿著平常走的捷徑，眼角餘光忽然看到一排老房子。就在距離家裡不到一公里的路上。

我停了下來，新奇的看著那些二樓的陽台。夕陽正照在米黃色的牆面上，陽台上的植栽跟花窗相互輝映……

自從台南回台中之後，漸漸地也喜歡在住家四周觀察。平時總是急著回家、趕著出門，距離自己最近的風景，卻總是錯過，意識到這種情況下，才發現自己原來的生活空間裡，早就存在好多美麗的老房子。

偶爾我會抽空繞進小巷子走走，過去覺得毫不起眼的一條街，轉換了心境欣賞，就看到建築物上各式花窗，停在屋簷上的街貓，某一株盆栽，這些零零碎碎的細節好像自己就構成了一幅畫，只等待著有緣人與它相遇。

我很喜歡走路，放空的走著，等著一些畫面告訴我，他們的故事。

老房子工作室

台南駐村之旅結束回到台中，不知不覺已經過了三個多月了。又開始日復一日工作的生活。某天朋友打電話給我，說他們在豐原找到一間很棒的老房子，想要租下來，但房東希望能夠以整棟房子的方式出租，所以他們想找人一起合租。

我們相約一起去看老房子。

那天，我們走進車站前一條小到只能通過機車的老巷子。這條馬路，不知騎摩托車經過幾百次了，第一次知道有這條巷子。進了巷子一轉彎，就看到整排的老房子，走沒幾步，到了我們標的物的老房子。樸實的灰色石頭牆面，木門搭配淺藍的直條鐵門，光是外觀就已經非常吸引我。

房子裡，石子地板打磨得很光滑。從油漆與清潔的狀況看來，這邊應該定期有人來做打掃，屋主對它十分重視。

每間房間都有我很喜歡的木窗，更別提木窗外頭的鐵花窗。那天看完房子之後，一直興奮得睡不著，開始對裏面的空間充滿無限想像，工作木桌應該放哪裡，想在哪邊擺上沙發，屋頂可以用來烤肉等等等。

為了湊足合租的夥伴，前前後後又磨了一些時候，直到三個月後，總算正式租下了房子。一樓是設計自己服裝品牌「C+H」的姐妹花，二樓是我的插畫工作室，三樓則由大學同學與另一位畫插圖的朋友一起租下。

我很幸運，可以在老房子裡面畫畫，更幸運的是，能和一群夥伴一塊工作。

小時候的樂園

小時候，沿著我家面前的那條小小馬路走，往左沒幾分鐘，兩旁就只見稻田。稻田中間有更小的一條路，可以通往一座戶外釣魚池。

記得國小的時候，放學後常常跟鄰居的堂弟們一起玩耍，經過魚池，會看到一排並肩坐著釣魚的叔叔，個個專注著自己手上那支釣竿。他們將釣竿纏好魚餌，由後往前大力一甩，之後便一直這樣坐著，等待機會上門。

所以，每次經過魚池旁的小路，大家都要鼓足勇氣，往前一邊跑一邊吼叫，就怕被這些釣客們忘情往後一甩的魚鉤打中了。

魚池還流傳一個傳說，當年年輕的奶奶，某天走過魚池，發現了一具屍體浮在水面。

對我來說，魚池是童年的一個重要回憶，另外一個地方則是馬路右手邊的一個小菜園。菜園有一條小水溝，但在年僅七歲左右的小朋友眼裡，是條需要奮力一跳才能越過的溪流，只要在那邊玩耍，一定有人跌進去，不過我們更喜歡的，是抓把泥土揉成球互相砸來砸去。

每年過年，菜園則是小鬼們玩煙火的最佳場所。還有一次，不知道誰弄來一顆足球，大家就在小菜園踢起了足球。小菜園實在太多太多回憶了。

不記得是念高中還是大學的時候，這兩個小遊樂園都不見了，家裡附近也開始興起一棟棟建築，等到我有了意識，甚至釣魚池與菜園也已經變成別人家的住宅。大學畢業回到台中，每晚出門跑步經過，想著那些回憶，總遺憾當時要是留下照片就好了。

事不宜遲，趁此畫面還沒變太多，拿起手機拍下了一張照片。我想把它記錄下來。

Old Houses in the Alleyways

巷弄的老屋

工作室旁邊有一棟老房子，感覺屋齡應該跟我的租屋差不多，不過座落的位置更加隱密。工作室正門口的巷子已經很窄了，老房子旁的就幾乎只有一台機車的寬度，所以我想若不是住在這裡的人，真的很難有人發現它的存在。

租下工作室之後，打掃期間，發現頂樓偶爾囤積厚厚的灰塵，不清理的話，下雨天的積水沒辦法排掉，會沿著水泥牆滲進房子裡。而就在整理頂樓時，注意到了它。

水藍色木門加上幾何圖形的簡約老窗花，搭配得恰到好處。默默駐守在小巷弄，隨著時間凋零，似乎沒被好好維護，地上磁磚多處已經龜裂，油漆也已剝落。

台中隨著鐵路高架計畫，很多車站開始大幅動工翻修，位於車站正對面的這棟老房子，未來會不會也將面臨被收購、拆除？……沒人知道。而我眼前唯一能做的，也只是好好把握在這邊畫圖的時光，或是趁著空檔偶爾往窗外望去，感受它帶來的美好。

街貓

Street Cats

常常在巷子裡遇到許多動作機靈的街貓，原本懶散的窩在圍籬旁，一有人經過，立刻縮起身子，瞪大雙眼直望著你。感覺很微妙，像在觀察你下一個動作，確定你保持適當距離與牠們對望，只要不會有太奇怪的動作，牠們也懶得管你，可能伸了個懶腰，下一秒又躺下，再度享受日光浴。

我從未養過貓咪，家裡倒是不少狗，土狗、馬爾濟斯、紅貴賓、米克斯等等，對狗的相處模式算是很熟悉，貓咪對我而言卻是很陌生的存在。

貓咪敏感怕生，總是不聲不響出現在巷弄角落，像在偵查著什麼一樣。

有一次在工作室廁所上大號，正蹲下來準備使力的時候，花窗外來了一隻花貓。花貓似乎也對我忽然的出現感到納悶，一時不敢輕舉妄動，我們就這樣兩兩對望了好幾分鐘，直到我完成所有手續起身，牠也才一副任務完成的樣子，轉身離去。

我喜歡在路上巧遇這些害羞的貓咪。因為個性很相似吧，隔著一點距離，靜靜看著牠們，觀察牠們，心情也平靜起來。

懷念的味道

讀幼稚園的時候，才開始對外婆家有了印象。

每年總會有幾次機會，跟著爸媽回到石岡山上的外婆家。當時還是個不懂事的小鬼，常常鬧彆扭，只因為山上的好山好水好無聊，僅有一棟三合院的老房子……

但無論我怎樣任性、臭臉，總能看到外婆露出缺了幾顆牙的燦爛笑容，兩隻眼笑到瞇成了一線，開心的拉著我和姐姐，走到她那間充滿霉味的小房間。那是外婆收藏餅乾零食的倉庫，架子上滿滿的存貨。

外婆住在大伯家，由於家中供奉了幾尊神明，經常有人帶著供品上山來拜拜，祭拜後就被外婆收藏在房間裡，等待我們上山分享。但往往一放就不知道多久，甚至發霉了。

然而，曾經嫌棄的霉味，在外婆過世之後卻讓我非常想念。

國三時，發生了九二一大地震，把外婆居住的房子震垮了，那個充滿記憶的小小零食倉庫，就這樣消失在記憶中。偶爾看到巷子裡出現年久失修的老房子，一扇簡樸的木門，加上一道紗門，安安靜靜佇立在那兒，就會讓我彷彿再次回到過去那個老三合院的小小房間，那個放了滿滿零食的架子前，聞到那股懷念的味道。

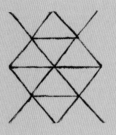

台
北

TAIPEI

赤峰街
龍眼樹

其實一直以來都很不習慣台北這個大城市。每次北上，只要一下火車就會被捷運裡、車站裡來往的人潮搞得很焦慮。太過快速的步調讓我很不自在。

因為案子的緣故，某次北上，我在捷運中山站旁的赤峰街附近散步取材，意外發現台北仍舊有許多漂亮的老房子存在。只可惜每次正當陶醉在巷弄的氛圍中，準備拿起相機拍照的時候，後方總是有來車干擾，一輛接一輛闖進這份難得的悠閒，像在提醒我，這裡仍然是那忙碌的台北。

巷子裡有個區塊被圍籬擋起來，圍籬中有棵龍眼樹，老樹後頭有棟舊房子。上次來訪時，並未注意到是棵龍眼樹，這次遠遠看見兩位大哥正拿著長竹竿，抬頭不停往上突刺，走近一看才發現樹上結了滿滿的龍眼。一位路過的婆婆興高采烈地當起指揮，「往左邊一點點，再往上面一點啦」，折騰了十分多鐘，龍眼串連著樹枝樹葉砸落地面，嚇跑了經過的小貓。大哥拿了些龍眼分給扮演稱職觀眾的老婆婆，三個人當場品嚐起來，一邊閒話家常。此時此刻，好像可以讓人忘記這是那個匆忙的城市。

Lungan Trees

一磚一瓦

Every Brick and Tile

做什麼事情應該都是一樣的吧，如果有心，就一步驟一步驟細心謹慎地完成？

本來應該是理所當然的道理，然而一件事情或是工作，在重複了幾百次幾千次之後，大家似乎都會開始變得倦怠、偷懶。也許是因為長期執行下來，已經理解怎樣的方式便能達到最有效率的成果。只是在極度要求高速的現代社會，效率變得重要，但細節卻沒有受到同等的重視。

還記得剛退伍，開始接案子時的自己，每天充滿了幹勁，舉凡接到的案子，總是傾盡全力去構思、研究、畫草稿、上色，一個環節一個環節去完成。曾幾何時，那種狀態不知不覺受到了時間的磨損，漸漸企圖要用最快的速度完成作品，以便交稿⋯⋯

然而，創作者的心態也許騙得了別人，卻始終瞞不過自己。當我察覺自己有了這樣的心態，一時還真不知道如何是好，於是不免對自己產生了懷疑，而就在這樣心情下，來到台南。

我慶幸自己遇見了充滿細節的台南。在創作巷弄系列作品中，我慢慢找回了比追求效率更重要的初衷，一筆一畫勾勒著屋瓦、窗花或者樹上的枝葉，心境跟著平和下來，不再焦慮。就像一磚一瓦堆疊起屋牆，踏實的構築著我自己的世界。

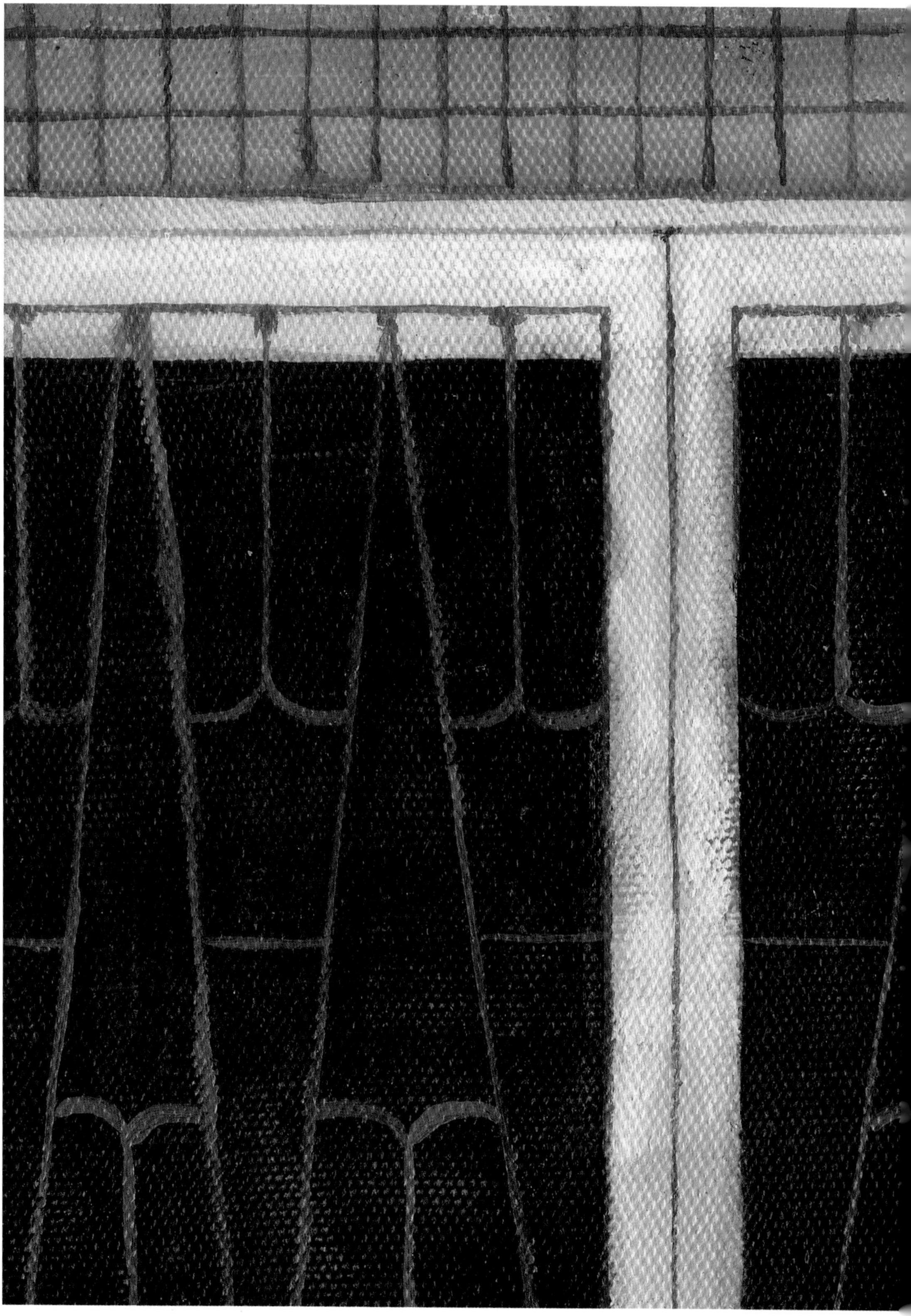

catch 220

安靜的時間

Before Sunset

作者：徐至宏 HOM
編輯：連翠茉
美術：顏一立

法律顧問：全理法律事務所董安丹律師
出版者：大塊文化出版股份有限公司
台北市 10550 南京東路四段 25 號 11 樓
www.locuspublishing.com
讀者服務專線：0800-006689
TEL：(02) 87123898　FAX：(02) 87123897
郵撥帳號：18955675
戶名：大塊文化出版股份有限公司

總經銷：大和書報圖書股份有限公司
地址：新北市新莊區五工五路 2 號
TEL：(02) 89902588 (代表號)
FAX：(02) 22901658
製版：瑞豐實業股份有限公司
初版一刷：2015 年 12 月

定價：新台幣 300 元
Printed in Taiwan

國家圖書館預行編目資料

安靜的時間 / 徐至宏作. -- 初版. -- 臺北市：大塊文化,
2015.12
面；　公分. -- (Catch ; 220)

ISBN 978-986-213-668-3 (平裝)

855　　　104022859